LETTRE EXPLICATIVE

DE

N.-B.-J. DUBARET,

COLONEL D'ÉTAT – MAJOR EN RETRAITE ,

á ses concitoyens et à ses anciens camarades
de l'armée.

APRÈS DIEU

LA PATRIE.

NAPOLÉON a dit : « L'opinion publique est une
puissance invisible , mystérieuse , à laquelle rien
ne résiste. Rien n'est plus mobile , plus vague et
plus fort , et , toute capricieuse qu'elle est , elle
est cependant vraie , raisonnable , juste , beaucoup
plus souvent qu'on ne pense !! »

MONTPELLIER ,
Typographie d'Isidore TOURNEL aîné , rue Fournarié , 7.

31 Octobre 1852.

LETTRE EXPLICATIVE

DE

N.-B.-J. DUBARET,

COLONEL D'ÉTAT-MAJOR EN RETRAITE,

à ses concitoyens et à ses anciens camarades de l'armée.

Montpellier, le 31 Octobre 1852.

CHERS CONCITOYENS ET CAMARADES,

Homme d'ordre, de progrès et de liberté, je me suis effacé depuis longtemps, pour rester étranger aux coteries, aux passions et aux haines politiques. Je m'en suis bien trouvé : mais, j'ai fait sans bruit tous mes efforts, pour faire vibrer dans les cœurs tièdes et indécis, le patriotisme, la reconnaissance, le dévouement.

J'aurais continué à garder le silence et à vivre retiré, si une circonstance particulière ne m'eût mis à même de prendre l'initiative d'une disposition qui était dans mon cœur, je dis plus, dans mes devoirs. Ces devoirs prennent leur motif, leur force, leur justification, dans mes précédents, dans mes souvenirs de 1805 à 1815, dans mes convictions depuis 1848.

Le Prince-Président entreprend un voyage dans l'Est et dans le Midi de la France ; ma première pensée est celle-ci : on fera à Montpellier comme on a fait ailleurs ; on voudra *réunir* et *montrer* à l'auguste Neveu, les compagnons d'armes du glorieux Oncle. Nevers s'était déjà ému..... Montpellier ne bougeait pas encore. Le 20 septembre, je me mets en rapport avec l'autorité, l'autorité accueille ma pensée avec empressement. Un *communiqué* préfectoral convoque pour le 1ᵉʳ octobre les anciens militaires de l'empire..... Une fois autorisé, je ne perds pas une minute. Tant qu'à faire, il fallait être nombreux. Un seul avis en appelle 700 à 800; un second avis plus explicite en eût réuni davantage, je ne pus l'obtenir. Sans déplacements coûteux et l'incertitude d'un gîte, pas un vieux brave n'eût manqué à l'appel.

Cette réunion improvisée, mais active, fait du bruit et des jaloux. Delà, les cancans de petite ville, de niaises réclames, de malignes interprétations..... Qui ne sait que rien n'est pis que la *médiocrité envieuse*. On n'en reste pas là..... Une protestation se signe chez un barbier, éleveur de serins, serins couleur socialiste. On dénature les faits les plus simples, on débite des absurdités pour paralyser l'action de mes démarches *sincères* et *dévouées*. J'en hausse les épaules de dédain, la paix de ma conscience valant mieux pour moi que l'estime de certaines gens. Cependant, si le charbon de la calomnie ne brûle pas tout-à-coup, il a du moins la possibilité de noircir ceux qu'il touche; aussi, ne veux-je pas descendre à la justification; mais, dire les choses telles qu'elles sont, les faits étant plus éloquents que la parole.

Voici le grand cheval de bataille de mes détracteurs : *je ne suis pas Bonapartiste... je suis légitimiste...* Pauvres gens, que de pitié vous m'inspirez ! Sachez donc, *causeurs*, que l'individu qui parle toujours en arrière et dans l'ombre, n'est pas un homme à mes yeux, il est moins que le *bravache* si bien peint par Eugène Scribe...... C'est un Rouennais qui vous le dit, c'est un Rouennais qui se fait fort de vous le prouver..... Et tout d'abord, qu'elles sachent bien ces nullités *nuageuses*, que je ne repousse pas l'honorable qualification de légitimiste, parce qu'en dehors des circonstances actuelles et de mon premier drapeau, je le dis bien haut, je serais ou légitimiste *progressif* et *libéral*, ou républicain modéré....... Il n'y a pour moi que ces deux principes..... point d'intermédiaire..... Je ne veux pas plus de monarchie bâtarde, que d'institutions boiteuses, faussées ou absolues : ainsi, quand j'ai eu à choisir entre les blancs, les bleus, les roses et les rouges, je me suis rappelé que mon père m'avait reçu chevalier de Saint-Louis.

— Pour être *bleu* ou *rouge*, jamais !!! Républicain, dans la *bonne* et *seule* acception du mot, c'eût été possible, c'est à-dire, si nos démocrates d'aujourd'hui n'eussent été ni égoïstes, ni exclusifs, et s'ils n'eussent voulu tous être les égaux de leurs supérieurs et les supérieurs de leurs égaux....... Ceci dit une bonne fois bien nettement, j'aborde tout aussi nettement le point capital de cette explication.

Oui, je suis Bonapartiste, un Bonapartiste de la veille et non du lendemain. Les hommes de la veille sont sincères, désintéressés et dévoués *quand même :* dans les hommes du lendemain, que de tartufes, que de comédiens à tous rôles, à tous serments ! Mais passons.

Je suis de la veille, car je me suis engagé dans la marine, en 1805, à 16 ans. Je fis ce choix parce que M. *Forfait*, mon parent, avait été ministre de la marine et qu'alors il était préfet maritime à Gênes. — Delà, j'entrai à l'école militaire de Fontainebleau, le 31 mai 1807 ; j'obtins de 1807 à 1811 un avancement rapide : caporal, le 25 août 1807 : — sergent, le 12 septembre 1807 ; — sous-lieutenant au 114ᵐᵉ régiment de ligne, le 13 juillet 1808 ; — lieutenant, le 6 août 1809 ; — légionnaire, le 27 janvier 1810 ; — capitaine, le 25 novembre 1811, avant 22 ans. — 9 campagnes, 1 blessure au siège de Sarragosse ; plusieurs actions d'éclat.

Je suis de la veille ; car, dès le 28 novembre 1848, je préparais à la tribune légitimiste, la candidature de Louis-Napoléon, en jetant quelques jalons çà et là. Voici deux

phrases de ma première allocution : « Je vous dirai aussi un
« mot du candidat que la *France modérée* porte à la prési-
« dence : car je compte sur votre concours, ne fût-ce que
« pour nous débarrasser de la carmagnole..... Le pays
« adoptera Louis-Napoléon Bonaparte comme un symbôle
« d'ordre, de paix, de conciliation. — De glorieux sou-
« venirs joints aux misères ,nationales lui donneront tous
« les cœurs, tous les dévouements nationaux. »

Je disais le 19 novembre : « Bientôt je vous dirai pourquoi
il faut voter pour Louis-Napoléon. D'ici là, marchons *unis*,
car il faut que les amis de leur pays qui veulent le rétablisse-
ment de la confiance par la sécurité, et la reprise du travail
par le crédit, rivalisent de sagesse, d'efforts et de sacrifices. »

Je disais le 29 novembre : « Vous savez, d'un autre côté,
que le nom de Napoléon résume la force, la grandeur,
l'activité, le génie ; mais, je reviendrai plus au long sur
la candidature napoléonienne et sur ses *motifs impérieux.* »

Le 13 novembre, le général Piat me délègue dans le
département de l'Hérault, pour y proposer la candidature
de Louis-Napoléon Bonaparte, et le 4 décembre, je fais
de ce mandat honorable toute une harangue de tribune, dont
voici mot pour mot la partie la plus saillante. — Avant,
une explication utile, indispensable. — Je n'étais pas hostile
personnellement au général Cavaignac, car son mérite, son
opinion particulière et sa haute position en faisaient alors un
homme à part. — D'ailleurs, je suis de Sainte-Barbe comme
lui, et les Barbistes restent camarades.... Combien d'autres
à ma place se fussent adressés à lui..... Je ne crus pas
devoir demander de faveurs à un adversaire politique.

Je dis donc, le 4 décembre, devant une réunion de
2000 électeurs : « Messieurs, nous voterons contre le citoyen
Cavaignac,

Parce que

Les coteries nous conduisent à l'abîme ;

Parce que

Les charlatans et les hypocrites de liberté se contentent de bercer le peuple d'illusions;

Parce que

Les bavards et les agitateurs spéculent sur la ruine de la France;

Parce que,

La mort étant dans le présent, il faut tout faire pour arriver à une avenir meilleur;

Parce que,

S'il faut laisser user les hommes et les systèmes, il faut avant tout sauver la patrie;

Parce que

Une présidence à bail ne peut être qu'un germe de discorde et de tiraillements;

Parce que

Une constitution qui a inventé un pareil moyen, nous ménage une secousse, peut-être une révolution tous les 4 ans;

Parce que

Cette constitution péniblement élaborée, n'a pas reçu la sanction populaire;

Parce que

Rien ne serait moins sensé, moins patriotique, que l'abstention dans une telle circonstance;

Parce que

S'abstenir, se serait favoriser l'élection du général africain;

Parce que

Les intentions, les amitiés, les liens et les engagements du citoyen Cavaignac ne peuvent pas nous aller;

Parce que

Notre vote est une protestation contre les instincts, les actes et les périls de la politique jetée sur la France depuis huit mois;

Parce que,

Avec le général Cavaignac, nous conserverons pendant quatre ans une chambre qui lui est déjà inféodée.

Vous voterez pour L.-N. Bonaparte, non comme parti. Le vote de Dimanche est une question de liberté personnelle, de raison, de conscience, de nécessité *si vous l'aimez mieux*.

VOTERONT pour lui, les différentes nuances du parti national qui luttent contre l'anarchie, la violation des droits et les causes de la misère publique.

Voteront pour lui, ceux qui sont bien convaincus que la République n'a été qu'une grande et merveilleuse surprise.

Voteront pour lui, ceux qui veulent échapper à l'influence funeste des partis violents et anarchiques.

Voteront pour lui, les hommes sages qui veulent le progrès dans la liberté et la liberté dans l'ordre.

Voteront pour lui, ceux qui le considèrent comme homme de paix, de transition et de conciliation.

Le Neveu, dit-on, n'a rien fait encore; mais, l'Oncle brille parmi les plus grands, les plus illustres; le nom de Napoléon, je le répète, résume la force, la grandeur; il compte ses heures d'existence par des heures d'immortalité.»

Je disais le 7 décembre: «Le général Cavaignac, Messieurs, c'est la crainte de tous les maux, et *malgré lui* la république rouge..... Le Prince Louis-Napoléon, c'est l'espérance de tous les biens, c'est au moins la certitude d'une république honnête et modérée.

« Messieurs, que la gloire, que l'immortalité de l'Oncle échauffe vos souvenirs et vos dévouements. »

J'ajoutai le 9 décembre: « Il est un homme immortel qui a dit: « Adieu! terre des braves! Adieu! chère France! Quelques traitres de moins, et tu serais encore la grande nation et la maîtresse du monde. » Cet homme éminent est Napoléon. Il repose aujourd'hui, en chrétien, sous les voûtes du dôme des Invalides.

«Sur le passage du cercueil, des millions de citoyens saluent par acclamations unanimes l'homme qui personnifia en lui la gloire militaire de la France. Quel enthousiasme ! quelle ovation ! que de larmes !

« Un frémissement religieux court parmi les spectateurs, tandis que la dépouille mortelle du César moderne s'achemine lentement vers sa dernière demeure.... Une émotion profonde éclate sur tous les visages, et des cris d'admiration s'échappent de toutes les poitrines.

« Aujourd'hui, ces cendres s'agitent ; la grande ombre du grand Capitaine apparaît, et cette seule apparition fera du Neveu, avec l'aide intelligente des gens honnêtes, le Président de la *France conservatrice.*

« Le général Cavaignac *débordé*, c'est de l'anarchie..... Louis-Napoléon, c'est le bien-être de tous ; portons donc tous nos efforts sur Louis-Napoléon.

« Notre amour propre n'est pas seulement engagé. Dieu et la France nous contemplent. D'ailleurs, en renversant les révolutionnaires, nous vengeons le chef de la chrétienté.

« Ledru-Rollin, c'est la réforme et un bouleversement général. Cavaignac, c'est d'abord le *National*, puis l'arbitraire, puis la république du forceps. Ils sont à eux deux, le flux et le reflux de l'océan révolutionnaire.

« Que Napoléon élu devienne l'armée défensive de la liberté, du sol et du foyer. Que tous les bons citoyens se serrent, se reconnaissent et se donnent la main, pour constituer un parti national qui porte toutes les forces du pays, contre les factions socialistes et communistes. »

« A l'Empereur.....
« Qui, sur le pied d'estal où se tient sa garde,
« D'un œil plus flamboyant qui nous regarde,
« Et semble s'écrier, de sa voix de canon,
« France que j'aimais tant, souviens-toi de mon nom ! »

Je disais le 10 décembre, le jour même du vote : « Parce

que vous votez pour Louis-Napoléon, vous n'êtes pas bonapartistes; mais, vous lui donnez la préférence; mais, vous dites
au pouvoir, au général Cavaignac et à la république possible
avec lui, que vous n'en voulez pas. — On nous avait promis
la république de la poule au pot, et c'est à peine, faute de
confiance, de crédit et de travail, si le travailleur et l'artisan
ont du pain.

« Que Louis-Napoléon soit votre élu, il est dans l'état présent des esprits, l'avenir de la France, le retour de la sécurité, de la liberté et de la prospérité. »

Je disais le 14 décembre, après un brillant succès élec-
toral : « Merci, mes amis ! merci ! Non-seulement nous avons
gagné la bataille, mais le terrain nous est resté. Gloire à vous,
à votre zèle, à votre concours !

« Vainqueurs, nous devons modérer l'élan de notre satis-
faction... Point de manifestations dans la rue, laissons les
cris, les chansons et les menaces aux minorités tumultueuses
et factieuses. Quant à vous, hommes d'ordre et de principes,
qu'il vous suffise de voir arriver votre vaisseau dans le port,
avec la paix, la sécurité, la grandeur de la France.

« Mes amis, l'émeute n'est pas impossible. Ne vous mêlez
pas aux attroupements; dans ce cas regrettable, rentrez chez
vous pour y protéger vos familles. Laissez à l'administra-
tion locale, le soin de maintenir et de rétablir l'ordre, avec
l'aide de la garde nationale et de la garnison.

« Vous le voyez, la vérité est fille du temps. On nous a
donné une république intolérable, et le peuple avec son *ad-
mirable instinct*, cherche à en faire bonne et prompte justice.

« Maintenant voici les chiffres récapitulatifs pour le département de l'Hérault;

Electeurs inscrits...................... 127,318
Votants.............................. 81,823
Pour Louis-Napoléon, notre candidat..... 46,849

Pour le général Cavaignac................... 20,221

Pour le citoyen Ledru-Rollin............... 13,461

«Louis-Napoléon a obtenu 13,297 voix de plus que ses deux concurrents.

«Non votants 45,439. Honte à ces indécis, à ces timorés, à ces mauvais citoyens !

« Je comprends le bulletin blanc, parce qu'il est une protestation. L'abstention absolue est de l'inintelligence ou de la peur. Nous voulons ou ne voulons pas du vote universel. Si nous le voulons *tous*, *tous* nous devons nous présenter devant l'urne électorale, soit pour exprimer un vote, soit pour protester résolument.

«Messieurs, le règne des minorités audacieuses tire à sa fin; il est plus que temps que celui de la nation commence.—Vive la France, *grande*, *glorieuse*, *honorée* et marchant en tête des peuples *libres*, *éclairés*, *indépendants* et *chrétiens*, la patrie ayant tout, vive la France ! »

Je disai le 17 décembre, pour la fermeture du club et pour adieux. « La lutte électorale n'a pas été seulement une bataille; mais une mêlée; mais une déroute complète ! Louis-Napoléon a déjà aujourd'hui 2,704,502 voix.—Plus de doutes!

«Napoléon sera, en conséquence, l'élu de la France. Avec lui disparaîtront la misère, les inquiétudes et nos dissentions politiques. Avec lui, la conciliation, la fusion des partis honnêtes, la grandeur du pays.

«Vous le voyez, la voix puissante du grand comice vient de se faire entendre. La journée du 10 décembre brillera du plus vif éclat dans les fastes nationaux. — La raison publique longtemps comprimée, vient de se réveiller en sursaut. D'un bout à l'autre de la France, tous les hommes d'ordre, de modération, de *vraie liberté* ; tous ceux qui veulent une république sage et modérée, et non sous prétexte de république un régime d'*illégale violence* ; tous ceux enfin qui désirent voir renaître la paix dans les rues, le calme dans

les esprits , le travail dans les ateliers , se sont unis et serrés
dans un même but, dans une même pensée.

«Vous avez parlé , électeurs , et votre vote a dit au pays ,
quel est votre instinct de liberté , de dignité et de patriotisme.

«N'oubliez pas , et répétez en chœur , comme un souvenir
de nos réunions et comme mot de ralliement : *la pensée de
l'indépendance , de la liberté et de l'égalité politique , s'est incor-
porée dans le pays , elle s'y appelle patrie*. »

Voilà ce que je disais et pensais en novembre et décembre
1848, pour l'élection présidentielle.... La fourmi demanda à la
cigale ce qu'elle faisait au temps chaud , celle-ci lui répon-
dit . *je chantais ;* moi , je ne demande pas à mes détracteurs :
à ces gens qui sont toujours les *cajoleurs* du pouvoir, ce qu'ils
faisaient alors , je réponds pour eux : ils votaient , soit pour
le général Cavaignac , soit pour le proconsul costumé à la
Robespierre.

Le 20 décembre 1851, les votants du 10 décembre 1848
changent leur fusil d'épaule. Alors ils sont *rassurés ;* plus de
dangers pour eux ; cette fois, ils votent en même temps, et
pour le pouvoir, et pour la Présidence décennale... Ils crient
et s'agitent ; ils voyagent ; ils postulent et font feu des quatre
pieds pour se *poser* et *effacer* leurs devanciers. Les Bonapartistes de naissance et de la veille ne sont plus rien ; il n'y en a
que pour ceux du lendemain et du surlendemain.... Enfin,
7,500,000 suffrages donnent gain de cause aux conservateurs
de toutes les nuances , de tous les degrés.

Dans le voyage de septembre et d'octobre 1852 , une partie
des boudeurs, des mécontents et des frondeurs , crie à qui
mieux mieux : *Vive l'Empereur !* Ah ! criez un peu moins ,
intrigants, et soyez plus sincères. Ayez un peu plus de courage pendant le doute et le danger, et soyez un peu moins
fanfarons et pourfendeurs après.

Là, se borne la première partie de mes explications et des

faits rapides qui s'y rattachent. J'entre de suite et au vif dans la seconde partie ; elle sera plus courte , mais non moins vraie , mais non moins vive ; car on m'a attaqué dans ma *droiture* , dans mon *libéralisme* , dans mon *indépendance* . Ayant à parler de moi, je serai le plus succinct possible; mais, je répète aux faiseurs et aux vantards, que la violence , le mensonge et le fait, finissent toujours par se briser dans leur choc , contre la prudence , la vérité et le droit.

Je suis *Légitimiste* et non *Bonapartiste*, parce que, par un hasard heureux et *entièrement imprévu*, j'ai été à même, à force de prudence et de vigueur, d'empêcher en 1848 , un commencement de guerre civile, en me trouvant chez notre Évêque. Voici les faits dans leur plus exacte vérité ; on en croira ma parole de citoyen et de soldat :

Monseigneur me fait, un jour , l'honneur de m'inviter à dîner, avec quelques uns des hommes les plus honorables de la société; quelques jours après, je lui fais ma visite. En sortant, je vois assez de monde dans la cour épiscopale ; j'interroge, on me donne des détails précis sur l'enlèvement , la veille, de sa guérite et de son drapeau. Ce procédé m'indigne. J'interroge encore, je vois un danger évident dans la réunion. Je reste pour *calmer* , *concilier* et *maintenir*. — A dix heures une compagnie de garde nationale arrive; les deux battants de la grande porte s'ouvrent tout-à-coup. J'accours ; je m'y jette et les fais fermer. J'en ouvre un des côtés ; je sors *seul* et demande qui commande le détachement. Un lieutenant à haute stature s'avance en me disant : C'est moi. Je lui dis à mon tour : « Répondez de l'extérieur ; je réponds de l'intérieur. » Je rentre de suite et fais retirer les quelques hommes que leur instinct avait réunis spontanément , pour , au besoin , protéger et défendre l'Évêque , ce que l'Autorité compétente n'avait point fait le jour précédent. — Cinq minutes après , toute collision était impossible , et je me retirais moi-même avec trois autres personnes , et tout était fini.

Ce fait important, peu connu ou *étrangement travesti*, m'a valu bon nombre de blâmes; mais, de quelle part? de gens dont la religion a été surprise ou dont l'opinion est moins que rien pour moi. Voici ce que je dis aux gens d'équité, aux gens d'ordre, aux gens de cœur : il y avait un danger réel; je ne l'ai pas fui. Ce que j'ai fait alors, je le ferais encore aujourd'hui, pour qui que ce fût.

Mais, convaincu que la force du peuple est dans la *modération*, j'ai toujours été *modéré*. Je ne suis pas de ceux qui l'ont *trompé*, *ameuté*, pour s'en faire un marche-pied. Qu'on me reproche une exaltation, un mauvais conseil même. Homme d'ordre et de mes œuvres, j'ai prêché constamment l'ordre et le travail. J'ai tout fait pour renverser les barrières qui séparaient les partis....... J'ai tout fait pour arriver à une grande conciliation.

Mais enfin, quand je me jetai *seul*, le 2 juin 1833, au milieu de 1500 à 1800 hommes appartenant à deux partis contraires et exaltés, regardai-je s'il y avait péril et quelle était l'opinion de ces hommes que je ne connaissais pas encore? De grands efforts personnels empêchèrent une collision. Aux assises de Toulouse, ai-je été un homme de parti ou un homme de conscience et d'honneur ? Un mot imprudent pouvait faire tomber plusieurs têtes; une goutte de sang n'a pas coulé.

Le 30 novembre 1835, une rixe furieuse a lieu entre des ouvriers, rue Triperie neuve, un d'eux tombe mort; tout le monde fuit; moi encore seul, sans armes et à la fin du jour, je reste, je tiens tête à l'orage et je rétablis l'ordre.

Qu'on ne dise donc pas que je fais telle chose pour tel motif, ou pour telles personnes plutôt que pour telles autres. Quand il y a à secourir, je ne balance jamais..... Quand il y a préil, je m'y jette résolument. Aussi l'ai-je dit souvent à ceux qui me parlaient de descendre dans la rue : *Vous m'y trouverez, mais je crains de vous y attendre longtemps.*

Bref, mes services militaires sont là. Mes amis et mes ennemis peuvent y fouiller à l'aise ; ils y verront 35 ans de service effectif, 11 campagnes, 1 blessure, des ordres du jour honorables et des actions d'éclat.

Après avoir parlé de moi, un mot de mes plus proches. Mon frère, sous-lieutenant au 125me de ligne, a été tué sur la Bérézina, en 1812, division Partouneau.

Quand le socialisme était menaçant à Paris, mon fils aîné y enlevait les barricades en juin, comme officier de la garde nationale.

Récemment, à la réorganisation de la garde nationale parisienne, il a été nommé capitaine de la 4e compagnie. Je ne pense pas que, nommé par le Gouvernement, il ait pris ailleurs que dans les hommes qui lui sont *entièrement* dévoués.

Mon jeune fils a 27 ans. Sorti de l'école de cavalerie de Saumur, avec le Nº 1, dans le 10e régiment de chasseurs à cheval, il y fut nommé lieutenant presque aussitôt. Depuis, il est passé dans le corps si *fidèle*, si *dévoué* et si *remarquable* de la gendarmerie. Il a été désigné pour assister à la distribution des aigles ; il a commandé l'état de siège dans son arrondissement, avec équité et vigueur. Ainsi, je ne marche pas isolé. Le père est Bonapartiste par souvenir, par reconnaissance et par conviction, ses deux fils ne feront ni plus ni moins que lui. Qu'on permette au moins la mémoire du cœur, quand il y a tant d'ingrats et de jongleurs politiques.

J'allais oublier plusieurs faits importants : aux élections municipales du 30 juillet 1848, je fus nommé par 2326 suffrages..... Aux élections de novembre suivant, je déclinai cet honneur par une lettre motivée.

Qui n'a pas lu ma brochure de décembre 1843? Qui a jamais écrit *plus énergiquement et plus patriotiquement et* ? J'y dis nettement, pages 35 et 36 : — « Songez-y bien pourtant, et prenez

« garde aux mécomptes ; il ne vous suffit pas d'avoir des forts
« détachés , il faudra en confier la garde , la défense à des
« baïonnettes intelligentes et nationales : or, point d'armée
« sûre, dévouée, sans équité, sans bienveillance, sans l'appui
« de la légalité et sans justice distributive bien entendue. »
Quel hardi pronostic en 1843 ! — La couronne artificielle
de 1830 s'abîme en février 1848, dans une crise terrible....

J'y cite, à la page 59 , date du 8 mars , l'ordre du jour
du maréchal Soult , relatif à l'Empereur..... J'y rappelle
sous la même date , page 60 , la lettre du même maréchal
contre le général Drouet-d'Erlon. — Puis à la page 69 ,
je disais au Gouvernement lui-même : « Ne perdez pas de
« vue qu'il vient un moment où les soldats se rappellent
« qu'ils sont citoyens , qu'ils s'ébranlent et passent au parti
« national , et que la prudence doit être la vertu des gouver-
« nements auxquels il n'est pas donné de s'élever jusqu'à
« la gloire. »

J'ai écrit souvent dans la *Sentinelle de l'Armée* et parfois
dans l'*Indépendant*, en 1844, 1845, 1846, 1847. Est-ce que le
journal libéral d'alors eût imprimé un *éteignoir?* Mes articles
portaient tous ou mon initiale ou mon nom en toutes lettres.
Je rappelle au souvenir de mes lecteurs une lettre du 21
juillet 1847, sur et contre le Pacha de l'Hérault à cette époque.

Dans le numéro du 12 janvier 1847, n° 383, je parlais des
derniers jours de la grande armée dans des termes qui n'an-
noncent pas l'abâtardissement de profonds sentiments. Voici
ma réponse à ceux qui se disent plus Napoléonistes que moi :

Mais j'y songe ; si je ne suis pas de la veille , je suis du
lendemain ; si je ne suis pas du lendemain , je suis au moins
un rallié ; car bien qu'ils disent ou qu'ils fassent , *ces Napo-
léoniens exclusifs* , il me faut une place , et je la veux , avec les
adhérents sincères, parce que le capitaine décoré de l'empire
vaut bien la plupart des grandes capacités de 1815 à nos jours.

Je reviens au passage du Prince à Montpellier, à ce voyage

d'ovations, à ce voyage qui a fait l'Empire. — A ce voyage qui, me plaçant naturellement, *par l'ancienneté de mon grade de colonel*, à la tête des glorieux débris de l'empire, a fait tant de jaloux et tant d'envieux secondaires. Cependant me suis-je occupé de moi? Non. Ai-je demandé pour moi? Non. Ayant l'honneur de passer devant S. A., je m'arrête respectueusement et lui peins avec un intérêt chaleureux, les besoins des glorieux compagnons d'armes de l'Empereur. Le Prince m'écoute avec sa bienveillance habituelle. J'en profite pour le conjurer d'ordonner une *revue annuelle*, pour soulager les plus grandes misères et écouter des droits incontestables. Le Prince me fait espérer ce grand acte de réparation. — Je le quitte doublement heureux. Dans sa bonté, il me fait rappeler, pour savoir ce qu'il peut donner pour le moment. — J'éprouve de l'embarras. — Dans sa générosité il laisse 5,000 fr. — J'insiste une seconde fois pour la revue annuelle. Mon insistance sera sans doute entendue et prise en considération. Le sort des vieux soldats de l'empire est dans cette revue faite avec intérêt et impartialité, *à titre de reconnaissance nationale*.

Circulaire du 26 septembre 1852, aux glorieux débris de l'empire ne faisant partie d'aucune société militaire.

MESSIEURS ET CHERS CAMARADES,

Aussitôt que le voyage du Prince-Président fut annoncé, j'eus la pensée de réunir en un faisceau dévoué et national, les glorieux restes de tant de batailles et de tant de victoires; et dès que j'eus l'assentiment de bon nombre d'entre vous, je m'adressai au pouvoir local, et, dûment autorisé, je me mis alors à l'œuvre plus à l'aise et plus résolument.

Déjà nous sommes nombreux; déjà notre colonne compte des soldats d'Égypte, de Marengo, d'Austerlitz, d'Iéna, de Wagram, de la Moscova, de Nengis et de Montereau; de ces braves des braves de la vieille et de la jeune garde impériale. Enfin, plusieurs de ces grands dévouements de l'île d'Elbe.

Arrivez tous, mes amis, et arrivez nombreux. Pas de manquants à l'appel, quand il s'agit de nous réunir, de nous retrouver ensemble, de représenter les vieux débris de la vieille armée, et quant, à defaut de l'Oncle, nous avons l'heureuse et solennelle occasion de défiler devant l'auguste Neveu.

Si, parmi les vieux de la vieille, il y avait hésitation, refroidissement, ou qu'on les travaillât pour nous diviser, je leur rappellerais l'éloquente et patriotique allocution du 20 avril à Fontainebleau.

« Je ne puis vous embrasser tous, mais j'embrasse votre « général. — Venez, général Petit, que je vous presse sur « mon cœur. Qu'on m'apporte l'aigle, que je l'embrasse aussi. « Ah! chère aigle, puisse le baiser que je te donne retentir « dans la postérité. Adieu, mes enfants, mes braves; mes vœux « vous accompagneront toujours. Gardez mon souvenir; en- « tourez-moi encore une fois. »

Cet adieu si célèbre, fut aussi déchirant pour le héros que pour ses braves compagnons d'armes; qu'il soit notre mot d'ordre, notre cri de ralliement. Rallions-nous tous sympathiquement à la seule vue de l'aigle, au seul souvenir du grand Empereur.

Vieux militaires de l'empire, ne soyez pas sourds à la voix d'un de vos camarades, qui, engagé volontaire en 1805, est passé, comme la plupart de vous, par tous les grades. — Caporal et sergent en 1807, sous-lieutenant en 1808, lieutenant en 1809, décoré en 1810, capitaine en 1811, officier supérieur en 1814.

Votre vieux camarade compte sur vous tous, comme, au besoin, vous pouvez tous compter sur lui.

Je vous serre les mains affectueusement,

DUBARET,

Lieutenant-Colonel en 1830, à l'ancienneté;
Colonel en janvier 1836, au choix;
Retraité en mai 18..

ALLOCUTION

Au Bataillon des Militaires de l'Empire, le 1er octobre 1852.

MES VIEUX ET CHERS CAMARADES,

Le 1er octobre sera pour nous tous un grand jour, une grande solennité ! Le Neveu du grand Capitaine sera devant nous dans quelques minutes. — Sa présence nous rappellera l'empereur Napoléon, celui que nous avons tous servi avec le dévouement de l'admiration, avec le courage du patriotisme.

Les moments nous pressent........ Je le regrette vivement ; car, me trouvant avec vous et à votre tête, je ne fus jamais ni plus heureux, ni plus fier de dater mes services militaires de 1805, l'année qui suivit la grande époque du consulat.

Mes amis, je vous ai formés en ordre de bataille, sans distinction puérile et sans possibilité de froissements. Vos années de service, vos campagnes et vos nobles blessures vous ont classé naturellement. — Vous n'avez eu qu'à répondre à un appel qui vous rémémore des époques, des noms et des dates qui nous sont et nous seront toujours bien chères :

La vieille et la jeune garde impériale,

Les serviteurs dévoués de l'île d'Elbe,

Les braves des Pyramides,

d'Aboukir,

de Marengo,

d'Austerlitz.

d'Iéna,

Les braves de Wagram,

de la Moscova,

de Champ-Aubert,

de Montmérail,

de Nengis,

et de Montereau,

Glorieux soldats de 1798 à 1815, nous allons marcher au-devant du sauveur de la France. Jurez-lui en présence de ce drapeau et de cette aigle, *reconnaissance*, *dévouement*, et reportez dans vos communes, les vives sympathies de cette belle et solennelle journée.

Vous leur direz aussi, que le soleil d'Austerlitz a brillé une fois de plus sur les vieux compagnons d'armes de l'Empereur.

VIVE L'EMPEREUR !

VIVE LOUIS-NAPOLÉON !

ALLOCUTION

Préparée pour S. A. : n'ayant pu lui être prononcée, elle lui a été transmise le 2 Octobre, en lui rappelant la demande et l'espérance du 1er Octobre ; la réponse ne s'est pas fait attendre, elle est datée du 20.

PRINCE ! en présence d'un grand nom, de grands souvenirs, et du chef de l'état, la mémoire peut faire défaut, ou l'émotion peut trahir la pensée.... Dans cette crainte, et pour rester à la hauteur d'une circonstance aussi solennelle. j'ai pensé, Prince, que vous me permettriez de vous lire cette respectueuse allocution.

Monseigneur, vous avez devant vous quelques débris de cette grande phalange militaire, qui porta, avec tant de gloire, le drapeau de la France dans un si grand nombre de capitales *vaincues*.... Ces débris ont mis un insigne honneur à vous être présentés à part, pour que d'un seul et même coup-d'œil, vous voyez réunis quelques vieux braves des glorieuses batailles des Pyramides, de Marengo, d'Austerlitz, de Wagram, de la Moscova... Quelques intrépides soldats des savants et glorieux combats, de Champ-Aubert, de Montmérail, de Nengis et de Montereau.

En les voyant, Monseigneur, c'est vous rappeler, c'est

pour ainsi dire, vous montrer cette grande ombre qui fut en même temps, et le premier capitaine et le premier administrateur du monde. J'ai désigné Napoléon, ce Napoléon empereur, que nous avons tous *vu*, tous *servi*, tous *admiré*, dans des âges et des grades différents ; mais, avec le même cœur, mais avec le même dévouement. Dans ce temps heureux, il n'y avait point de partis, il n'y avait qu'un homme et le pays.

Prince, cet homme, ce souverain hors ligne, vous le représentez. — Quant aux partis, espérons que bientôt, sous un gouvernement ferme, juste, paternel et national, le patriotisme l'emportera enfin, sur l'ambition, sur les coteries, sur l'intérêt personnel.

Prince ! vos moments sont précieux et comptés, laissons à d'autres encore le bonheur de vous approcher, de vous exprimer aussi en regard de l'acte courageux du 2 décembre et de ses heureuses conséquences, l'expression de leur profonde reconnaissance et de leurs vives sympathies.

Je termine..... Le salut de tous est sorti de *l'excès du mal !!!* Gloire en soit rendue au Neveu du grand Empereur, à S. A. le prince Louis-Napoléon.

VIVE LOUIS-NAPOLÉON !!!

MES ADIEUX

Au Bataillon du 2 Octobre, à 9 heures du matin.

Mes braves Camarades,

Nous n'avons pu que nous entrevoir. Nous n'avons pu que nous retrouver quelques instants. Que ces courts instants soient gravés dans nos cœurs, pour qu'il en reste surtout et au moins ce grand résultat. — *Union et fraternité devant notre ancien drapeau.*

La patrie avant tout, au souvenir glorieux de notre illustre Empereur. — A Louis-Napoléon, nos vœux, nos cœurs, nos sympathies, notre appui dévoué.

Mes amis, j'ai fait connaître au Prince votre attachement et vos besoins ; il vous laissera des marques de sa munificence. Je lui ai peint vos misères, vos besoins, vos douleurs, avec la chaleur du dévouement. J'ai supplié S. A. d'ordonner que les vieux débris de l'empire soient tous passés en revue *annuellement*, afin qu'on fît droit à leurs justes réclamations.

Le Prince a daigné me parler d'un décret à ce sujet. Espérez donc, mes vieux Camarades, votre avenir est là, comme mon bonheur sera d'y avoir contribué.

Au moyen de ces revues. vos misères seront soulagées. Puissiez-vous exister toujours, pour éterniser les glorieux souvenirs de Marengo, de Wagram, de la Moscova.

On dit qu'il n'y a pas de Bonapartistes : ce gros bataillon improvisé est un démenti. Serrons nos rangs et grossissons-les encore. Ne nous perdons plus de vue. Que les Bonapartistes de la veille surtout ne forment qu'un faisceau national, en prenant pour devise : *Union, gloire* et *patrie.* — Adieu, mes amis, adieu.

VIVE L'EMPEREUR !

VIVE LOUIS-NAPOLÉON !

Je terminais ainsi ma brochure du 21 décembre 1843, p. 80: « Encore quelques lignes et j'ai fini : dans mon enthousiasme « pour l'homme, pour le héros de son siècle, je m'engageai le « 21 décembre 1805, à peine âgé de 16 ans ; aujourd'hui et « à 38 ans de là, l'ancien militaire demande justice au nom « de la charte et des lois. Il a foi ! il espère ! »

Le 31 octobre 1852, en Bonapartiste de la veille, du lendemain, voire même de rallié, mes lecteurs en décideront, je termine cette brochure par ces dernières citations et réflexions :

J'admire le vrai patriotisme ; mais j'ai honte de tout patriotisme pleureur, de tout sentimentalisme pastoral.

J'ai dit et répété sans cesse que c'était un grand malheur d'armer les passions, au moyen de paroles creuses ; que la sagesse, la modération, la conciliation est plus que jamais l'ordre du jour de la France; qu'il faut *instruire, moraliser* et *soulager* les masses ; que la vie à bon marché est le premier bienfait qu'elles attendent ; qu'il faut sortir des utopies et des chimères ; que personne ne peut se placer au-dessus de l'intérêt général ; qu'il y a deux peuples, le vrai et le faux , c'est-à-dire, les bonnes et les mauvaises blouses. — La mauvaise blouse est travaillée et égarée par les intrigants ; sans intrigants habiles et pervers, les révolutionnaires ne se trouveraient que dans les ambitieux des classes élevées. Si elles leur profitent parfois, l'ouvrier n'y trouve que le châtiment du parricide. Leur faire rêver un 18 brumaire , est une monstruosité qui retombe de tout son poids, et sur l'homme crédule et sur le pays lui-même.

Que les hommes équitables, impartiaux et nationaux me jugent en toute bonne foi, tant qu'aux autres, je me soucie fort peu, soit de leurs colères , soit de leurs sympathies. — Je réponds par de la pitié à la colère des *palinodiens* à places et à argetn. Je le répète, ma conduite politique et ma conscience m'autorisent à dire , la tête haute , APRÈS DIEU LA PATRIE.

Le Colonel DUBARET.